Les

Déceptions

d'un Étranger

Traduit de l'Anglais

PAU

Léon Ribaut, Libraire-Éditeur

1886

Les

Déceptions

d'un Étranger

✳

Imprimerie Aréas
14, rue Taylor
Pau

Les
Déceptions

d'un Étranger

PAU

Léon Ribaut, Libraire-Éditeur

1886

Pau, le 6 octobre 1886.

MON CHER AMI

On nous avait promis à notre départ de Pau au printemps dernier que nous trouverions cet automne pour nous y ramener, un train de luxe faisant une fois par semaine le trajet entre Calais et Pau, avec tout le confort auquel nous sommes habitués en Amérique. Un sleeping-car allant directement jusqu'à Pau devait, en outre, partir chaque soir de la gare d'Orléans.

J'espère que vous serez plus heureux que moi. Car je n'ai jamais, même en France, même sur le réseau de la Cie du Midi, fait un plus pénible trajet que dans ce dernier voyage. A la gare d'Orléans on me refuse le fauteuil-toilette sur lequel j'étais en droit de compter sous prétexte que je ne l'ai pas *payé d'avance ! !* et on me pousse dans un wagon où nous passons la nuit au complet. A Bordeaux je vois filer l'express de Bayonne au moment où nous débouchons du pont en fer sur la Garonne. A Dax et à Puyoo, changement de wagon et bousculade ; à chaque station, des arrêts interminables pour décharger des marchandises; partout, des employés de chemin de fer exaspérés contre le voyageur qui ose leur faire une question polie, et malmenant le public avec cet air de tyrannie grotesque qui caractérise certains employés français.

En sera-t-il du Calais-Paris-Pau comme du sleeping qui devait nous assurer un voyage paisible? Je le crains fort et vous envoie l'entrefilet ci-inclus du *Figaro* annonçant l'organisation du *Sud-Express,* nouveau train de luxe qui reliera Calais à Madrid et à Lisbonne, en passant par Biarritz où l'on arrivera à 10 h. 35 en venant de Paris, à 5 h. 38 en venant de Madrid; Pau n'y est pas même mentionné.

Il faut en prendre votre parti et faire provision de philosophie et de bonne humeur pour affronter toutes les tracasseries que le voyageur français se résigne à subir avec une patience que nous ne pouvons admirer.

Vous connaissez de longue date les dédommagements qui vous attendent ici: la chasse au renard, la plaine de

Billère, les courses, une partie de whist au Club vers cinq heures ou une tasse de thé gracieusement offerte, un bon dîner dans une maison hospitalière, tout ce qui peut enfin tenter pour quelques mois un homme du monde aimant le sport et la vie mondaine, un beau paysage et une gaîté de bonne compagnie.

Quant aux déceptions que nous éprouvons chaque automne à notre retour, nous n'en sommes plus à les compter. Après avoir entendu parler depuis des années de percements de rues ou de boulevards, et des plus gigantesques projets, il nous faut reprendre quotidiennement le chemin de Billère en passant, vous savez à quels risques, par la rue Sully ou la rue Tran, et en contournant ce mur du Parc cause de plus d'accidents graves que les chasses, les courses et le sport le plus dangereux, mais que la toute-puissance de la routine administrative défend contre nos incessantes réclamations.

Bien à vous,
DICK

Pau, le 10 octobre.

CHER AMI

OTRE retour ici vous réserve cette année une bonne surprise. Vous pourrez tourner de la rue Serviez dans la rue Taylor sans couronner vos chevaux ni briser les ressorts de vos voitures. Le petit ravin dont tout le monde réclamait la suppression et qu'il y avait, paraît-il, pendant bien des années, des raisons majeures de maintenir, a été enfin nivelé.

A part cette remarquable amélioration, résignez-vous à vous meurtrir encore les pieds à ces pavés pointus qui sont une des spécialités de Pau, à sentir trébucher vos chevaux sur des monticules barrant la voie publique, et à recevoir une secousse de tremplin en passant en voiture sur des dépressions profondes.

On a fait cet été beaucoup de canalisation pour le gaz et l'on a réparé les dégâts faits à la chaussée avec plus de négligence encore que de coutume. La rue des Cultivateurs, entr'autres, et le chemin de la fontaine Batsalle sont impraticables. Les bas-cotés de presque toutes les routes sont couverts par des tas de pierres, qu'on n'y laissera pas, je l'espère, aussi longtemps que l'hiver dernier ; ceux du grand et du petit boulevard sont plus que jamais émaillés de tessons de bouteilles et de débris de vaisselle. Aux Allées de Morlàas, les branches toujours plus basses décapitent cavaliers et cochers ; avec un mail impossible d'en approcher. Quant au chemin qui mène de l'extrémité Est de la plaine de Billère à la clôture du Lawn-Tennis, il est aussi commode de le parcourir que de mener droit devant soi dans le Pont-Long.

Vous vous souvenez du calme dédaigneux dont tous les employés de la Ville sur la voie publique, cantonniers, paveurs ou balayeurs paraissent avoir reçu la consigne. Le passant c'est le gêneur qui les empêche d'étaler leurs outils en travers du chemin, qui les dérange à chaque instant dans une besogne qui les ennuie fort manifestement. Il est d'ailleurs convenu que chacun sur la voie publique a le droit de faire ce que bon lui semble sans se soucier d'autrui. Le marchand de glace arrête, comme de

coutume, sa voiture en travers de la rue ; d'autres préfè-
rent stationner au milieu de la chaussée. La police se
garde bien d'intervenir, et il suffit que trois voitures se
rencontrent pour qu'il y ait un encombrement.

Mais quel moyen de se fâcher dans cette patrie de la
belle humeur ? Il ne faut pas être pressé : personne ne
l'est et l'on est toujours sûr d'arriver à l'heure d'après
une des pendules de la ville, marquant toutes une heure
différente.

Vous souvient-il que nous faisions observer l'hiver
dernier à l'un des édiles de la ville que Pau se trouvant à
environ deux degrés à l'ouest du méridien de Paris, il
était rationnel que l'horloge municipale marquât soit le
temps vrai, soit l'heure de Paris. Je n'oublierai pas de
sitôt votre effarement quand il nous répondit qu'il fallait
que l'horloge de la Halle avançât d'environ dix minutes
sur l'heure de Paris, pour que les habitants de la ville
fussent moins souvent exposés à manquer le train. Cette
prévoyance polie vis-à-vis de la Cⁱᵉ du Midi nous parût
une perle.

Trouvera-t-on des raisons aussi décisives pour justifier
l'éparpillement des balayures de la Halle, tout autour de
ce bâtiment, jusque vers six heures du soir, les flaques
d'eau de la Place Royale, la saleté de la descente à la gare,
l'entretien barbare des arbres des promenades et des mas-
sifs des squares, le défaut d'arrosage, spécialement les
jours de courses, ou l'acquisition du Parc Beaumont ? J'ai

causé longuement hier de ce désastreux achat avec un conseiller municipal dont je vous résumerai, dans ma prochaine lettre, l'intéressante conversation.

Bien à vous,

Dick

Pau, le 12 octobre.

IGUREZ-VOUS, mon cher ami, qu'il s'est trouvé un conseil municipal qui a déclaré insuffisants pour l'agrément de la population indigène et de la colonie étrangère cette admirable promenade du Boulevard du Midi, de la terrasse du Château et du Parc, les beaux ombrages de la Basse-Plante, de la Haute-Plante et des Allées de Morlàas, ce joli bois de Pau dont on aurait pu tirer un si heureux parti, tout cet admirable réseau de promenades pour piétons, voitures et cavaliers qui s'étend autour de la ville dans toutes les directions.

Il lui a paru indispensable de grever le budget de la

ville d'une charge de près de 1,200,000 fr., de rendre impossibles pour bien des années les améliorations les plus urgentes, de détruire par la plus malavisée des concurrences ce charmant rendez-vous de la Place Royale où l'on se retrouvait chaque après-midi, où il y avait foule élégante tous les jours de musique, où l'on était certain de voir les nouveaux arrivés et de serrer une dernière fois la main à ceux qui devaient partir le lendemain.

On a essayé de substituer à ce charmant lieu de réunion si central et d'un abord si facile, un parc bien dessiné pour l'usage et l'agrément d'un particulier, mais qu'il fallait remanier entièrement pour le rendre accessible et agréable au public. On a cru pouvoir règlementer la mode, comme la distribution intérieure d'un forail. Les promeneurs ont déserté la Place Royale, se sont déplus au Parc qu'on leur offrait, et se sont dispersés sur tous les grands chemins. Et aujourd'hui la colonie étrangère, les nouveaux venus en particulier, réclament avec raison un lieu de réunion qu'il est fort difficile de créer, après l'avoir si maladroitement détruit.

Ce qu'il y a de plus bizarre, c'est qu'après s'être mis le Parc Beaumont sur les bras on n'a abouti qu'a entasser plans sur plans jusqu'au jour où la municipalité, prenant, ce qui se conçoit de reste, les plans en horreur, s'est arrêtée à la résolution de n'en jamais plus avoir.

Un membre du Conseil, pour avoir osé exprimer l'avis qu'il était peut-être imprudent de tracer tantôt un sentier, tantôt une route, tantôt un vélodrome, sans plan d'ensemble, a été dénoncé publiquement à ses collègues comme cherchant à se créer un tremplin électoral.

Mais pourtant, quand on a fait l'irrémédiable faute d'acheter le Parc Beaumont on avait un plan dont on m'a fait lire le résumé dans le travail du rapporteur qui a conclu en faveur de cette acquisition. Ce projet, y est-il dit, consiste: « 1° à mettre en communication les quartiers Sud et Sud-Est, de la gare, de la côte du Lycée, de la rue du Lycée. avec les quartiers Est et Nord-Est, quartier Trespoey et route de Tarbes....... 2° à transformer en un jardin public propriété de la Ville, l'ancien domaine de Beaumont; 3° à créer dans ce magnifique local divers établissements dont le besoin se fait sentir. »

Et M. le rapporteur affirme que « parmi les considérations qui ajoutent à l'importance de ce projet se trouve la possibilité de relier au Boulevard du Midi le Jardin de Beaumont. »

Il est fort curieux de constater l'étonnante plus-value des terrains au sud de la rue du Lycée depuis cette époque. Dans le travail que je viens de vous citer, le rapporteur, d'après un calcul fait par l'Architecte de la Ville, évaluait à 99,560 francs l'achat des terrains nécessaires au percement d'un boulevard allant de la petite Provence au Parc Beaumont, Cette évaluation devait être sérieuse puisqu'elle a été admise par le Conseil Municipal composé d'hommes d'affaires et d'expérience, ingénieurs, architectes et avocats. Il n'y a pas dix ans de cela et l'on ne pourrait aujourd'hui acquérir ces terrains pour un million de francs! Rarement, même en Amérique, voit-on une aussi prodigieuse plus-value en aussi peu de temps. Elle est malheureusement circonscrite à ces seuls terrains. Il n'en est pas, me dit-on, de même dans les autres quartiers, ni aux environs de la ville.

Ainsi voilà près de dix ans que le Parc Beaumont appartient à la Ville, et de tous les projets énumérés pour justifier cette acquisition, aucun n'a encore été exécuté. Il faut que piétons, cavaliers et voitures entrent pêlemêle par cette affreuse grille en fer, large de moins de deux mètres, pour ressortir par l'ancienne grille en bois de la ferme du domaine de Beaumont, dont on a mis sept ans à fixer un des battants que le vent poussait sans cesse en travers du passage.

Si ce beau terrain n'avait pas été acquis par la Ville, nous aurions depuis longtemps une large voie mettant jour et nuit en communication la rue du Lycée et le quartier de Trespoey. On aurait construit dans cette admirable situation des villas dont on a dû chercher l'emplacement en dehors du rayon de l'octroi et qui auraient pu fixer en Béarn pour une grande partie de l'année bien de nos amis qui auraient subi la séduction d'un site aussi avantageux.

Que d'améliorations vraiment utiles l'on aurait pu faire avec ces 1,200,000 fr. aussi immobilisés! Quelle

vigoureuse impulsion l'on aurait pu donner à la prospé-
rité de cette charmante ville, de l'avenir de laquelle on ne
peut plus se désintéresser, n'y eût-on passé qu'un seul
hiver !

Vous figurez-vous Pau avec une belle avenue descen-
dant à la gare, la rue Sully et la rue Tran, partiellement
au moins, rectifiées, un macadam bien entretenu à la place
des pavés pointus, une jolie salle de spectacle, un jeu de
paume, un local convenable pour la poste et le télégra-
phe, un coquet marché au fleurs ? Tout cela pourrait être
aujourd'hui réalisé, sans cette grande folie paloise de
l'acquisition du Parc Beaumont.

Mais nous serions bien naïfs de prendre trop vivement
à cœur ce dont personne ici ne songe à se faire de la
bile. Et surtout, je vous en prie, ne montrez mes lettres
à personne en arrivant ici. L'aimable courtoisie du Béar-
nais ne se dément que si on le trouble dans son heu-
reuse tranquillité.

A bientôt, n'est-ce pas ? et bien à vous,

DICK

84

Imprimerie ARÉAS, 14, rue Taylor, Pau.

www.ingramcontent.com/pod-product-compliance
Lightning Source LLC
Chambersburg PA
CBHW061534170626
46811CB00004B/1942